·AARON BLABEY·

the BAD GUYS

バッドガイズ

アーロン・ブレイビー
中井はるの 訳

● 謝辞 ●

ぼくの息子たちに

The BAD GUYS #1
by Aaron Blabey

Text and illustrations copyright © Aaron Blabey, 2015
First published by Scholastic Press an imprint of Scholastic
Australia Pty Limited in 2015.
This edition published under license from
Scholastic Australia Pty Limited
through Japan UNI Agency, Inc., Tokyo

Book design by Tomoko Fujita

· AARON BLABEY ·

the **BAD**

GUYS

EPISODE

1

いいことをするんだ

なにがあったって
やるんだ

第1章
ミスター・ウルフ

おーい！
そこのきみ！

きみのことだよ！

こっちこっち！

こっちにこないかって
言ったんだけどなぁ。

どうした？

ああ、わかったぞ。

きっとオレのことを見て

「うわああ、でかくて、ワルそうなオオカミ！
話すなんてムリ！　残忍でわるいヤツ！」

って思ってるんだろ？

おばあちゃん？

ちょっと言わせてくれ。

たしかにこのとおり

でっかくて鋭いキバに、とんがったツメだ!

たまに**おばあちゃん**の

かっこうをする……

ウッドランド警察
ミスター・ウルフ
ID: 102 451A

わるい
ヤツ
バッドガイ

だ。

メトロポリタン警察
たいほ記録

名前： ミスター・ウルフ

事件番号： 102 451A

ニックネーム： 超ワル、ミスター・チョッパーズ、赤ずきんのおばあちゃん

すみか： 森の中

組織： ない。いっぴきオオカミ

事件：

家をふきとばした（家のもち主だった３匹の子ブタは、こわくて警察に届けだせず）。

お母さん羊になりすまして、子羊をのみこんだ。

おばあさんの家に勝手に侵入した。

おばあさんをのみこんだ。

おばあさんのかわいいまごの赤ずきんちゃんを食べようとした。

おばあさんのネグリジェとスリッパをぬすんでおばあさんに化けた。

危険度レベル： あぶないので近づいてはならない。

でも、これぜんぶ作り話なんだ。
信じてくれないかなぁ？

やっぱり「わるいヤツ（バッドガイ）」って言うかな？

ちがうんだ。

オレはいいヤツなんだよ。
見かけやうわさで決めつけないでくれ。
だけど、こんなこと言われるのは、
オレだけじゃないんだ……

オレとおんなじ悩みで
こまってるヤツらがいるから
ここに呼んだんだ。

とってもいいヤツらさ。
オレと同じように
ごかいされてる
けどね。

おっと、逃げるなよ！

わかったか？

15

第2章

だい　　　しょう

オレたち悪党？

あく　　とう

おっ、きたきた！
じゅんびはいいか？

さーて、一番のりは
だれかな？

いちばん

ようこそ！
オレの友<ruby>友<rt>とも</rt></ruby>だち、

ミスター・スネーク

とっても<ruby>愛<rt>あい</rt></ruby>されキャラなんだ！
なにしろ……

やさしいヤツだからな！

メトロポリタン警察
たいほ記録

名前:	ミスター・スネーク
事件番号:	354 22C
ニックネーム:	にわとり丸のみ屋
すみか:	不明

組織: いっぴきスネーク

事件: ミスター・ホーのペットショップを荒らした。

ミスター・ホーのペットショップでネズミをたいらげた。

ミスター・ホーのペットショップでカナリアをたいらげた。

ミスター・ホーのペットショップでモルモットをたいらげた。

ミスター・ホーのペットショップでミスター・ホーを食べようとした。

ミスター・ホーを助けようとした医者を食べようとした。

ミスター・ホーを助けようとした医者を助けようとした警察官を食べようとした。

ミスター・ホーを助けようとした医者を助けようとした警察官を助けようとした警察犬をたいらげた。

危険度レベル: ヒジョーに危険。近づくな。

見ろよ、この顔！
これが悪党に見えるか？

ぜんぜん見えないだろ？
こいつ、**すごく友だちおもい**
なんだぜ。

ウルフ、もう、帰っていいか？
ネズミを食いにいきたいんじゃ。

おい、じょーだんうまいな。
「ネズミを食いに」だってさ?
うまいこと言うなあ!

ほんと、冗談うまいよな!

23

まあまあ、おちつけ。
カップケーキでも
どうだ？

カ、カップケーキ？
ネズミが
食いたいんじゃ！

いいかげん、
ネズミの話はやめろ！
じゃないと
食っちまうぞ！

こりゃ　しつれい。
さて、次は
だれかな？

いらっしゃーい!
ミスター・ピラニア!
こいつも
ひょうばんがわるくて
悩んでいる友だちなんだ。

ピラピラやっほー

危険な

メトロポリタン警察
たいほ記録

名前： ミスター・ピラニア

事件番号： 775 906T

ニックネーム： おしりがぶりキング

すみか： アマゾン

組織： ピラニア・ブラザーズというギャング団の親分。
親せきが900,543匹。

事件：

観光客たちを食いちらしている。

度レベル： ヒジョーに危険。近づくな。

なんであいつがここにくるんじゃ？
ヤツはヤバいぞ……

しーっ。

やあ、ミスター・ピー！
きみみたいに
やさしいヤツはいないよ。
ほら、カップケーキでもどうだ？

おい兄弟、はるばる
アマゾンの奥地から
きたんだ。

おかげで腹ペコ。

生の肉 が

食いたいピラ！

ハハハ！ マジ、ふたりとも
冗談うまいなぁ。

ここにあるのは
カップケーキ
だけだ。

コンコン!
コンコン!

おっと!
今度こそ、
カップケーキが
好きなヤツがくるはず……

コンコン!

やあ、**ミスター・シャーク。**
元気にしてた？

おいら
腹がペコペコ!
生きたアザラシはどこ?

おっと！ これは読まないで……

なぁおまえら、オレの話わかってる?
オレたち、マジで
いいヤツだって
わかってもらいたいんだろ?
なのに、**肉を食いたい**だって?

メトロポリタン警察
たいほ記録

名前：	ミスター・シャーク
事件番号：	666 885E
ニックネーム：	ジョーズ
すみか：	観光客に人気の海など

好ききらいなし。手あたりしだい、だれでも食べる。

信じられないくらい危険。
とにかくすぐ逃げろ！　または、全力で泳げ！

危険度レベル： これを読んでいるヒマがあったら逃げろ！

信じられないくらい危険。
とにかくすぐ逃げろ！　または、全力で泳げ！
危険度レベル： これを読んでいるヒマがあったら逃げろ！

37

だれが
いいヤツだって?
ウルフ、なに
考えてるんじゃ?

わからんピラ!

わからんだって？
よし、説明するから
みんなおすわりしろ！

そこのきみもだ!

第3章
ヒーロー クラブ

キャー! オオカミよー 助けてー!

オレたちは
いつもこうだ……

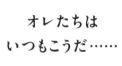

そういや、おまえら水の中にいなくて平気なの？

おいらは
いたい場所に
いたいんだ!

わかったか?

オレもだピラ、ちょろちょろヘビ。

ほらみろ。だからオレは
魚とつるむのはムリなんじゃ。

44

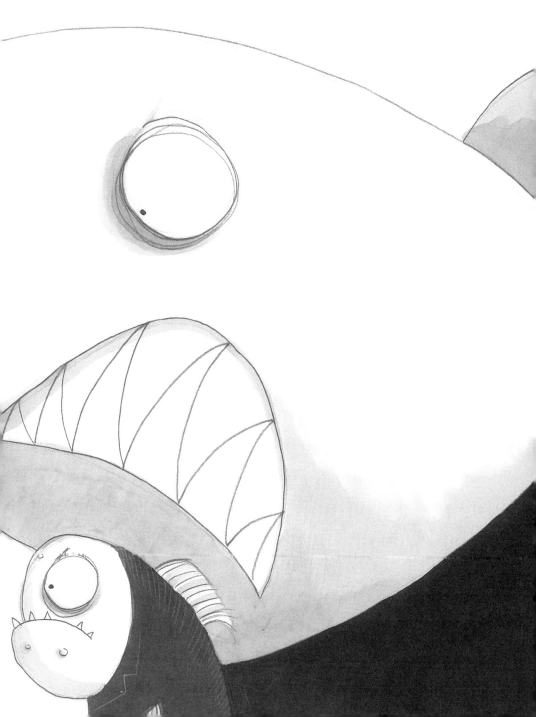

ストップ
　　ストップ！
ケンカは　やめだ！　もうするな！
　　　いいな？

なんで？

いまからオレたち
**ヒーロー
クラブ**の

ヒーロー
クラブ

第1回
ミーティングを
はじめるからだ!

なんだって?

聞(き)こえなかった?

わるいヤツあつかいは
イヤだろ?

悲鳴(ひめい)あげられるのって
イヤだろ?

きらわれるのって
イヤだろ?

べつにイヤじゃないピラ。

かまわんじゃよ。

もちろん、イヤだよな！
そこでいい方法があるんだ！

ここで、クイズです！
ねこが木の上に登って、おりてこられません。

そんなとき、どうする？

食べちゃう?

ちがう!
助けるんだろ?

なんで？　うまそうなのに？

こいっ、ヘンだピラ。

ヘンじゃない！
天才さ！
このオレが、おまえらを
ヒーローにしてみせる！

やっぱり、こいつヘンだ!

せっかく
アマゾンから
きたのにこれかピラ?

ミスター・ピラニア、
ミスター・シャーク
ぜったいに
こうかいさせないぜ。
さあ、アレに乗ろう！

こまっているヤツを助けて
ヒーローに
なるんだ！

第4章

こまってるヤツ
を探せ

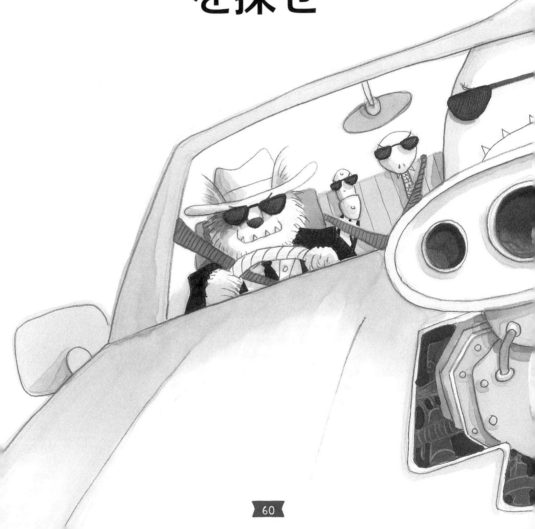

C

D

この車は燃料噴射方式で、
200馬力の
超イカした自動車だぜ。
ヒーローになるんだから
乗ってる車だって、
イケてる方がいいだろ?

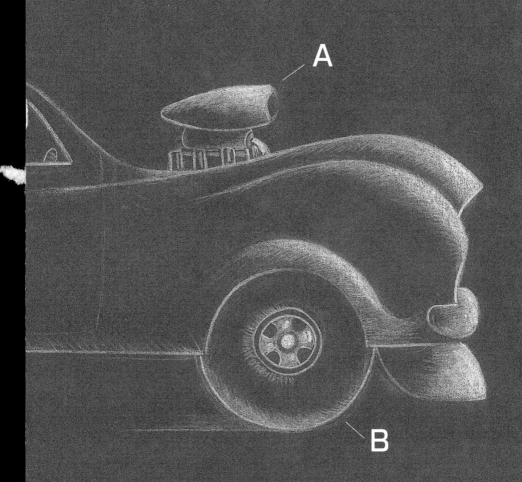

A 「超イケてる」V8エンジン、まじりっけなしのヒョウのおしっこが燃料。

B 超イカした見かけ重視の極太タイヤ。

C 特注の飛び出すシート。安全だし、スリルまんてん！

D 特大マフラーでバリバリうるさい。

それに広いしね!

乗り心地はいいんだけど、
オレ、車に乗るのにがて。
これからなにを
するつもりだピラ?

**トラブルの
におい**を
かぎつけるんだ!

ていうか……まてよ……
さっそくトラブルのにおいが
する……あれ?

なんだよ！

なんてことないピラ。
車（くるま）に乗（の）ると、どーしても
オナラが出（で）ちゃうんだ！

いいだろ？

GOOD BOY

ぜんぜん、
へーちゃらピラ。
すずしいぜ!

ウルフ、マジで……
こまってるヤツなんて
本当にいるのか?

キィーッ!

あれだ!
いいのがいたぞ!

第5章

こっちだ、
子ねこちゃん

さて、これから
オレたちどうするんだっけ?

ねこを助けるんだろ……

オレたちが
やっちゃ**ダメ**なのは？

ねこを食う。

正解だ！

ワクワク
するよな！
みんなも
そうだろ？

さあ、
救出開始だ！

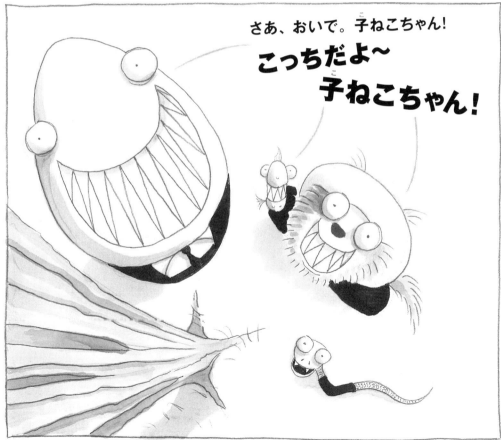

にゃあぁ〜〜!!!

おい!

おちつけ、ねこちゃん。
助けにきたぞ!

こりゃやばい。マジでこわがってる。
なにがいけないんだ?

おいらにまかせろ……

こわがってるじゃないか！
ねこの心臓を止める気か？

ちがう！ おいらは
やさしく呼んだぞ。

じゃ、オレの番だピラ。

おい、チビっ！
おりてこい。
さもなきゃ、
オレが登っていって

もふもふ
おしりに
かみつくぞ！

ぎゃぎゃぎゃぎ

んんんんん
ふんぎゃああ!!!

おい、なんてことを
言うんだ!

おい、あんなこと
言っちゃだめじゃ。
もっとマシな方法は
ないのか?
あのねこの声、
イラッとする。

とどかない。
もっと上だ、へっぽこヘビ。

いま、なんて言った?

聞こえない?
もっと近づけピラ!

もっと、近づけ! このミミズオバケ!

なんじゃと? それなら……

おい!

ミスター・ピラニアは?

さあ、
なんのこと
かな??

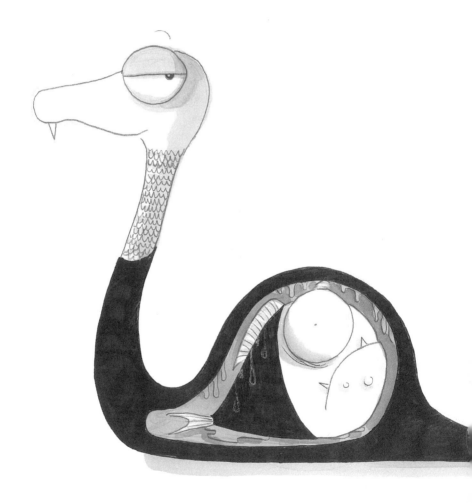

いいか、スネーク！

ミスター・ピラニアを

だすんだ！

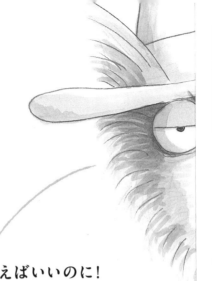

正直に言えばいいのに！
ヘビって **スゴイ** んだぜ。
ものをそのままのみこんじゃうんだ。

そしてオレは、かんたんに
中のものをとりだす方法を
知ってるのさ。

次のページをめ

いいか、スネーク！

ミスター・ピラニアを

だすんだ！

正直に言えばいいのに！
ヘビって**スゴイ**んだぜ。
ものをそのままのみこんじゃうんだ。

そしてオレは、かんたんに
中のものをとりだす方法を
知ってるのさ。

次のページをめくるんだ！

ベキン！

よう、ぼうず。
元気か？

ふんぎゃあぁあぁあ

にゃーーーん!

よし、いいぞ!
ここだ、
ここだぞ!

第6章
ワンちゃん救出大作戦

みんな
よくやった。
ハイタッチだ!

手があるのは
おまえだけじゃ。

そうだった。

**じゃあ、
ハグはどう?**

オレはかみつくけど
ハグはしないんじゃ。
近づくな。

わかったよ。
おまえらはどう思ってる
のかわからんが、
**今度こそ
うまくやろうぜ!**

なんのことだ?

保護施設

最強の警備員

出入り口は1つだけ!

がんじょうな鉄ごうし!
電流ビリビリ鉄線!
しかも、メシがまずい。

ここには**200匹ののら犬**がとじこめられている。
しかも、最高の
セキュリティシステムの施設だ。

石のかべと鉄ごうしのオリの中じゃ
ワンちゃんたちの未来は真っ暗だ。

だけど、これから……

オレたちが
とらわれの身の犬たちを
自由にしてやるのさ!

オレたち、まともに子ねこを
助けられなかったんじゃぞ。
どうやって200匹も助けるんじゃ?

かんたんさ!
オレたちのひとりが中に入って、
オリのカギを開けてあげるんだ!

どうやってやるつもりなんじゃ?

おまえ、またおばあちゃんのフリをするのか？
その方法はうまくいかないじゃろ？
いつも失敗してるんだから。

オレがやるなんて言ったっけ？

第7章
のら犬の保護施設

もしもし?
ええ、おじょうさん。
いま、ドアを開けます。

ブー!

はてさて……
なんのごようか……な?

わたくしは、かわいい女の子よ。
かわいい子犬がいなくなっちゃったの。
おねがい、中に入れてくださらない?

うわ、かわいい！
もちろんです！
あなたのためなら
なんでもするよ。

うれしいわ。

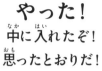
やった!
中に入れたぞ!
思ったとおりだ!

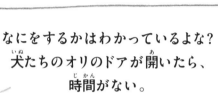
なにをするかはわかっているよな?
犬たちのオリのドアが開いたら、
時間がない。
失敗はゆるされないぞ。

このイカリにつかまるんだ!

それ、
なんじゃ?

いいから、しっかりイカリにしがみつけ。
ミスター・シャークから合図が出たら、
オレがおまえたちを中に投げこむ。
おまえたちは、犬たちに出口を教える！

わかったか？

わかったぜ。けど、
どうやって中に
入るんだピラ？

あの **うーんと**
ちっちゃな窓に
おまえたちを
投げこむのさ。

心配するな！
オレのうでを信じろ！
85％の確率で
1発で入るはずだ！
まかせてくれ！

ふつうは、オリのカギを
一度にぜんぶ開けたり
しないけどさ、
そのかわいい声で
言われちゃね。

これが最後のオリだ!
この子がきみの犬?

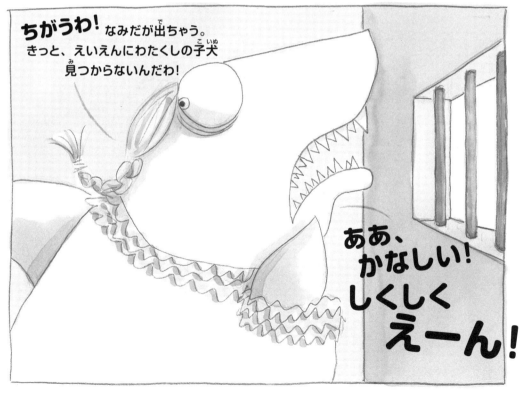

ちがうわ! なみだが出ちゃう。
きっと、えいえんにわたくしの子犬
見つからないんだわ!

ああ、
かなしい!
しくしく
えーん!

そんな時間はない!
しっかりつかまってろ。

いよいよオレたちは……

ヒーローに
なるんだ!

ヒューーン!

よし。
3回勝負だ!

次は入るぞ!
コツがわかって
きたし……

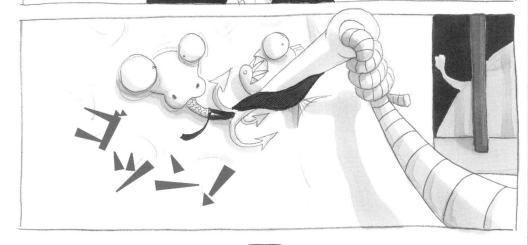

ゴツン!

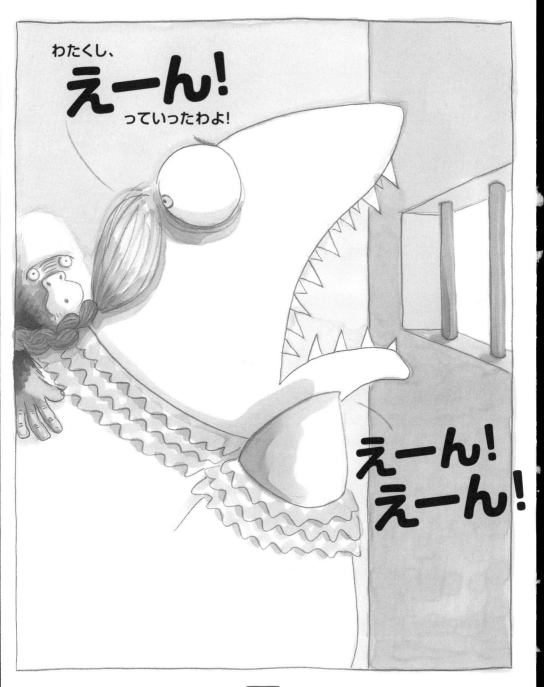

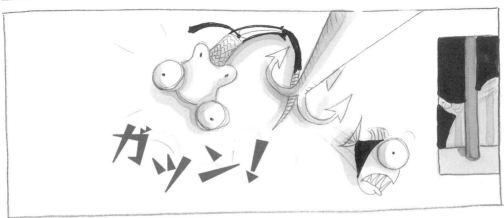

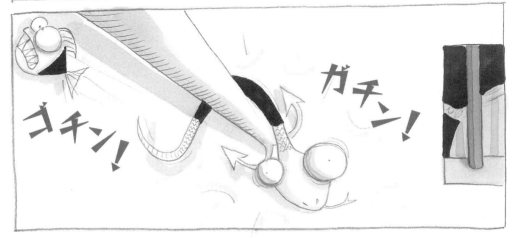

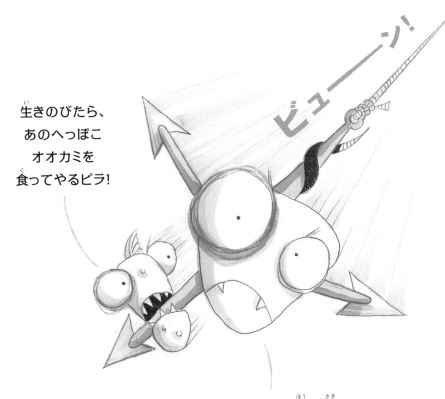

生きのびたら、
あのへっぽこ
オオカミを
食ってやるピラ！

いいや、オレの方が先に
あいつを食ってやる！

おまえら！
走る向きが
ちがう！
はん
たいだ！

ブーン！ ブン！

ワンちゃんたちを……

見ろよ！　オレたち、
ヤツらの人生をかえてやった！
きっと、ヤツらに

**えいえんに
感謝されるぞ！**

たすけて！
オオカミだ！

サメもいる！　ヘビもいる！

するどいキバの
犬食いイワシも！

224

129

第8章

いいことをした
みんなの気持ちは？

やっぱ、おいらたちに
感謝してた感じは
あんまりしなかったよな？

オレのことを
イワシオバケって
呼んだピラ！

あれ？
おまえ、イワシ
じゃないの？

イワシじゃない！
どっから見てもピラニアだ！

ふん、どうでもいい。

まあまあ、いいじゃないか！
オレたちやりとげたんだ！
とじこめられてた200匹の犬たちを自由にしてやった！
あいつらの未来を切りひらいてやったんだ！
いい気分だろ？

おまえ、本当に
ハグが好きじゃな。
気持ちわるいぜ。

なんだよ。

オレたち、ワンちゃんたちを助けたんだぞ！

ヒーロークラブの
お手がらだぞ！

みんなどんな気分だ？

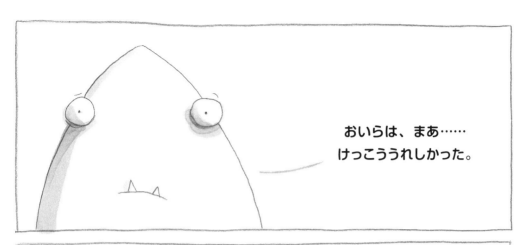

おいらは、まあ……
けっこううれしかった。

オレもうれしかった……
てか、いい気分だったな。

すっごくいい気分だったピラ。
でも、あいつら
イワシって呼びやがった!

ピラニア、大切な友よ。
オレがもうイワシとは呼ばせない！
アマゾンで一番有名なヒーローだ。
どうだい？

それ、ほんと
だろうな？

おまえはどうだ？

うん……おいらヒーローになって
すごく気分がいい。やるよ。

さあイケメンのスネーク、
あとはおまえだけだ。
このままつづけるだろ?

もうハグはしないって
約束するならいい。

なるべく、そうするよ!
約束はできないけどな!

みんなでこれからあたらしい人生を送るんだ！
もうわるいヤツらじゃない。

だれかを助けて
ヒーローになる！

そして、世界平和をめざすんだ！

人生ではじめてだぞ。
未来が幸せなかおりに
つつまれてる感じ！

まてよ……
幸せなかおり
じゃない。

ミスター・ピラニア、
またやっただろ？

こうふんすると、
オナラが
出ちまうんだ。
なれてくれピラ。

つづく……

バッドガイズ ❶

2020 年 12 月 15 日　初版第1刷発行

作者 ◆ アーロン・ブレイビー
訳者 ◆ 中井はるの

発行人 ◆ 廣瀬和二
発行所 ◆ 辰巳出版株式会社
〒160-0022 東京都新宿区新宿 2-15-14 辰巳ビル
電話 03-5360-8956（編集部）　03-5360-8064（販売部）
http://www.TG-NET.co.jp
印刷・製本所 ◆ 図書印刷株式会社

ISBN978-4-7778-2449-6 C8098 Printed in Japan